바람의 이분법

지혜사랑 252

바람의 이분법

조순희

지혜

시인의 말

하늘이 감동하는 시까지는 멀다 할지라도
누군가의 눈물을 닦아줄 수 있는
시를 쓰고 싶습니다.
곰삭은 언어를 찾는 일로 자주 고뇌하지만
매양 혼자만 간절할 뿐입니다.
고요가 정수리에 머물기를 두 손 모읍니다.

2022년 여름
조 순 희

차례

1부

2부

3부

4부

• 일러두기
　페이지의 첫줄이 연과 연 사이의 띄어쓰기 줄에 해당할 경우 > 로
　표시합니다.

1부

어느 집 낡은 담장 너머로

초록에 밑줄 긋는 사이
길섶 망초꽃 부용당*을 수놓고 있다
그녀의 옛 숭문동에 이르러
풀물 배인 바람을 듣는 신발 두 짝

꽃신 자국인 듯 토끼풀 간간이 펼쳐있다

문향한 여백 너머 마주 오는 먼 눈빛 하나
이곳쯤이었을까
조카들 더불어 천진하게 시문에 젖던 곳

남쪽 강 물결지듯
산딸나무 흰 모시 쓰고 마실 가는데
어느 먼 여로에 뒤설레던 그녀
죽어서도 살아있는 삶 하나 꺼내 든다

봉인된 시간을 곰곰이 걷는 유월,

어느 집 낡은 담장 너머로 얼굴 내민 접시꽃
묻고 싶은 말 몇쯤 마음에 둔 채
오동나무 그늘 밀며 돌아오는 해거름

그녀 수틀 안 꽃들 길을 내고 있다

* 충남 서천군에서 태어났던 조선시대 여성 시인

오랜, 을 꺼내다

곡선을 걸어요 오래전 당신이
길에 닿으면 은행나무 두 그루 마주 서 있어요
노랑들 온통 출렁이죠, 가을엔 나의 오랜-도 낙엽이 지
지만요
들판에 척 걸쳐진 한가로운 노래 높은음자리표로 흘러요

이제 그녀를 만나러 가야 할 시간, 임벽당*
어쩌면 은행나무 아래에서 오래된 바람을 방생하고 있을
지도 모르겠군요
아니면 선취정仙醉亭 뜨락을 거닐고 있을지도

해질녘 채색 노을에 어리는 실루엣 하나 눈 마주치면
조용히 물어보아요
벌 나비도 그날처럼 화단을 들고 날아가나요?
도화동은 어떻게 열죠?
질문이 모자라면 책갈피에 몇 잎 구절초를 잠재우거나,
당신도 모르는 사이에
그녀의 손끝을 살짝 만지고 있진 않은지 살펴보아요
달빛 삼키는 코스모스는 장독대 옆에 그대로 두어요

누구죠? 창호지에 비친 저 그림자
안채에서 밤새 자수틀과 호롱불이 춤을 추어요

댓잎 사운대는 소리 밤하늘로 번지고 있어요 묵향 말이
에요

남당리에 가면 우물처럼 깊이 출렁이는 눈동자 있죠
그곳 도화동에서는 복숭아꽃도 화폭에서 사철 피고
흰 수틀 안에서 봄이 첫잠을 깨지요
방금 뒷산에서 들썩인 소쩍새를 베갯잇에 수놓는 희고
가느다란 손가락,
보이나요?

궁벽했던 오백 년 여필종부의 뜨락
청색의 시간 딛고 훅, 감겨오는 시의 성률
환히 전해와요 파란의
임벽당칠수고林碧堂七首稿**가 가난처럼 다가와요

헤진 모시 적삼에 배꽃 가득 안고
꿈인 듯 생시인 듯 내게로 걸어오는 당신,
높이 뜬 달빛도 잘만 꼬아서 이으면 몇 필 모시가 될 수
있을까요?
오래된 시간 저쪽
짤깍짤깍 베 짜는 소리 후렴처럼 들려와요

* 조선시대 여성시인
** 임벽당의 7세손 유세기가 각기 흩어진 임벽당의 시 7수를 수습하
여 발간함

향긋한 망명

동백, 봄의 입구에 닿았다

서해의 흰 적삼 같은 눈도, 끝나 간다

겨우내 발설하지 못한 눅눅한 그리움

마음의 등불이 꺼진 날이면

나는 동백정으로 간다

마량진*에서 만난 최초

풍경 같은 달력 몇 허물고 다다른 구월,
깊이 묻어둔 시간들 일제히 빛으로 일어서요
새벽이면 복된 하루를 견인하는 마량진
체적을 부풀린 태양이 방금 뭍으로 오른 십자가를 비추고
노숙의 배가 지친 얼굴로 구원의 행방을 물어요

1816년 어디쯤에서 저 낯선 최초는 우리의 최초가 되었
을까요
당신이 오래전 분실한, 네 그래요
구약성서 속에서 40일 밤낮 떠다녔던 방주 위로 비둘기
가 물어왔던
그 푸릇한 최초 말예요

누구죠? 포구 저쪽에서 술렁이는 소리
알세스트호*를 아세요? 리라호*는요?
바실 홀과 맥스웰이 도착했군요
오랫동안 광야에서 상처받은 시간들을 불러 모아요
오래전 이방의 윤택한 말씀 품고 당도한 푸른 눈의 사내들
한 권의 최초를 들고 나를 향해 걸어와요

마량진,
해변 정원에 앉아 구절초 향 묵상하는 오후

>
어머, 가을이 먼저 은혜받았나요 눈 감고 기도해요
성경 속으로 한 뼘 더 속눈썹이 깊어져요
저녁 쪽으로 중력을 밀고 가던 낮달도
조용히 무릎 꿇고 최초를 조우해요

* 서천군 서면에 위치한 한국 최초 성경 전래지
* 선장 머리 맥스웰 대령이 서해안 탐사차 타고 온 영국 함대
* 선장 바실 홀 대령이 서해안 탐사차 타고 온 영국 함대

귀가를 실은 오후
— 장항선

철로 위, 셀로판지처럼 빠스락거리는 햇살
오래된 약속이 느린 속도를 끌어오고 있다

강산이 열 번 위치를 바꾸는 동안
퇴행성 관절염을 장만했는지, 장항선 덜컹이는 바퀴 감
으며
한 대의 느림을 완성하고 있다

기다리는 열차에 익숙해진 사람들은 안다
가슴 한켠 객실 창가에
하품 같은 노을 하나씩 앉혀두고 산다는 것을,
동공 속에서 열렸다 닫히는 어린 풍경을 읽으며
아이만큼 훌쩍 커버린 칸나 잎을 독백처럼 쓰다듬는다

햇살 느슨한 오후를 펼쳐 읽다 문득
주말 대합실을 내려놓고 플렛폼으로 나온 여자 하나
웃는 얼굴보다 먼저 기적 소리가 저만치 들어서자
손차양으로 소실점 끝을 뒤적인다

마악-, 간이역으로 들어선 열차
객실 저쪽 낯익은 웃음을 찾아낸 여자가 오랜만에 돌아온
민트향을 향해 상기된 미소를 흘리고 있다

바람을 입다

명아주 잎새 위에 내려앉은
초록을 집다가
배추흰나비와 눈 마주쳤다
날개,
환하다

고요를 들킨 그녀
흰, 을 펼쳐 날아가는데
허공에 기댔던
잎새 살짝 휘인다

칠월엔 아침에도 쨍하다
달아오른 숨 께로
바람이 기지개를 켜면
열두 폭 바람 입고
그늘 같은 휴식 완성하는 한낮

이참에
낮달 데려와
매듭단추 걸은 모시 치마 적삼으로
하얀 살결 하늘에 띄워도 좋겠지,

\>

구름 틈새 수직으로 늘어진 빗살무늬 태양
모시 옷감 내 널은 듯 눈부신데
모시 째는데 이골이 난
한산 여인들, 오늘도
베틀에 올라
씨실과 날실에 수평을 걸고
한 필 바람을 짠다
삶을 짠다

바람을 입은 배추흰나비, 그녀
하늘을 꺼내 날은다

둥근 너의 질문들은 주홍색 립밤처럼 입술 위로 미끄러졌어

저렇게 매일 떠나는 목록들을 어디에 다 처분할까
유선형 발목이 수면 위로 솟았다 사라지는 모서리
그것은 바셀린처럼 부드럽고 믿을만한 체온
갈매기가 내게서 온통 빠져나가던 유속에도 직각은 살아
있었지
멀리까지 헤엄쳐 간 항구의 뱃고동이 몰고 돌아온 비릿
한 해조음
배꼽 안쪽의 시간이 공복의 허전함을 보챌 즈음
우리는 해안가 식당 한켠을 차지하고 앉았어

창밖 자동차들 밀물지는 사이
낯익은 얼굴들, 발설하지 못한 웃음처럼 렌즈의 조리개
에 눈을 담았지
수족관에선 전어가 반나절 전 가져온 수심을 흥정했어

가스렌지 위 소금 냄비에서 왕새우가 투명한 비명으로
벌건 대낮을 뒤집고
왁자한 대화가 익어가는 사이 공복은 전어회무침을 즐겼지
모두의 미각은 이미 바다에 감금되어 있었는데
튀어나온 왕새우의 시선 애써 따돌리며
뜨끈한 국물에 뭍 저쪽 냉각된 수화들을 풀어놓았지

>
이곳 근처 카페에서였을까, 과거 한때
몇 잔 커피 속으로 지워진 그녀의 긴 머릿결
더는 갈매기처럼 휘날리지 않았어
그리고 오늘 본 몇몇의 뒷모습은 이젠 너무 낡아버렸다는
것을 알았지
오래된 저장고에서 잠시 한때
수화기 저쪽에서 축축하게 무너지던 음성 하나 더듬어보는

홍원항,
이곳의 명물은 오래전 뭍으로 떠난 누군가의 뒷모습이다
허공 저쪽에서 문득 해풍에 걸려 넘어지는
갈매기 부리에서 후렴처럼 반복되는 외침이고
어둠이 바다를 잠그면 죽순처럼 돋아나던 야광 빛 휘파
람이다

파도의 속살 한 귀퉁이 부욱ㅡ 찢어 메모장처럼 펼쳐놓는데,

방심한 외출들 사각의 수족관 안으로 잠수되고
잘 데워진 자동차에 포만의 귀가를 싣는 오후, 가
멀리까지 헤엄쳐 간 내 시선을 뾰족하게 포획하고 있다

바람의 이분법

햇살 맑은 날이면
투명한 ㅂ은 공중에 유리알 같은 깃발을 내걸었다

오래전 골목 끝으로 낡은 단어장을 던진 소년을,
바람은 알고 있었다 마을회관 안쪽 누군가의
등 굽은 무용담도 이젠 낙엽만큼 효험이 없었다
자고 일어나면 너라는 모서리에 묶여
백기처럼 펄럭이던 꽃무늬 손수건, 알고 보면 그 모두는
ㅂ이 너의 오후에게 저지른 수줍고 향긋한 만행이었다

투명한 것들이 새떼처럼 불어왔다 떠나간 날이면
저녁상 물린 창밖 나뭇가지 어디쯤에 이미 그가 와 있었다

ㅂ은 오래 말을 아꼈고,
이따금 그녀 목 안쪽에서 습기 밴 바람 소리가 걸어 나오
곤 했다

아침이면 남쪽 창을 열고서
추락하지 않기 위해 먼 길로 떠나던 무수한 바람들이
사나흘씩 ㅂ의 품에 갇혀 향긋한 고백들을 들려줘야 했다

신성리갈대밭*에 가보면

태양의 세 번째 심장과 사랑에 빠진 바람이
노을 물든 서천을 두루마리처럼 언덕에 펼쳐놓고
붓보다 고운 갈대로 길고 긴 편지를 쓴다

* 서천군 한산면 신성리에 위치한 갈대밭

시간을 입질하다

가을 봉선지*, 빗금 진 외출들 모여든다
비릿한 시간 몇 조각쯤 묻어두고 싶음일까
사내 하나, 수면 위의 시간
물속으로 던진다

천방산 정수리에 둥지 틀던 구름들
외출 나왔는지
산국처럼 부풀어 오르는 호수,
계절을 고르던 소슬바람 수면을 헤엄쳐 가고

수초 사이 두 볼 가득
앙금 같은 구름을 낚는 물오리 떼
세상의 비루함도 이곳에선 물 밖 사연일 뿐
고였다 흩어지는,

구름의 입질이 시작되어도
사내는 챔질을 잊는다

산 그림자 귀가를 서두르는 저수지 속
일몰이 내어준 별빛 총총할 즈음
양동이에 하루의 담수량 한가득 담아
돌아오는 길, 내일
다시 세상 열 수 있겠다

* 서천군 시초면 봉선리 소재

풀빛 신전
— 신성리 갈대밭

갈대밭 갔다 햇볕 좋은 아침에
유목의 낭만 조우하러,

직선의 계절이 하늘로 크는 성소
해그림자 사이사이 바람이 들어있다
민낯의 표정 꺼내 혼자 울기 좋은 곳이다

마스크 벗고
개개비와 한참을 놀았다

바람의 목록 펼쳐 직립의 방식으로
흔들림을 건축하는 풀빛 신전,

저기 흰 구름 하나
방금전
내 안에서 부리 씻던 그리움이다

허리 휜 길 저만치
물속 유목의 날들 밀고 가는 금강,
유유하다

선함길 카페

2월, 빛의 입구에 닿았다
연보랏빛 아늑함을 열고 들어서면
통기타가 의자에 앉아 음악회를 연다

짚을 꼬아 엮은 메주 몇 덩이
오래전 추억처럼 그네를 뛰고 있고,

구절초꽃 닮은 여주인의 미소가
허브향처럼 은은한 인사를 건네오는데
감말랭이와 함께 갓 볶아 내린 크피 맛
마음은 어느새 소확행을 꺼낸다

선암리에선
육십이 훨씬 지나도 젊은이로 읽힌다

'우리 동네에도 카페가 생겼어야'

어쩌다 고향을 찾은 자녀들
세월 자글자글한 부모님 모시고 한걸음에 들르는
시초면 선암리 선함길 카페,

아기 울음소리 끊긴 지 오래인 이곳에
젊은 목사 부부가 아이 셋 캥거루처럼 품고

둥지를 튼 건 일 년 전의 일이다
새소리 가끔 분주하고 귀뚜라미 소리 간혹
적막하던 산골 마을

카페가 생겼다는 소문에 젊은 면장도 다녀가고
이웃 마을 이장도 가끔 크피 맛에 취하는,
호기심에 먼 곳에서 구경 오는 사람도 있어
앞마을에 가부좌 틀고 앉아있는
신털뫼조차 부러워한다는 소문 자자하다

창가에 고여 드는 햇살들
가수 목사님의 라이브 공연에 지느러미 쫑긋 세우고
근심 털어낸 구름들 창밖 서성이며
행복을 한껏 부풀리고 있는데

느슨한 오후가
한 폭 수채화로 채색되는 休,
곡선의 품으로 펼쳐지는 배경 속에서 지금
당신은 무한화서로 피어나는 풍경이 된다

동백을 읽다

삶은 침묵하는 것이라고 배웠다 시린 바닷가에서 새우잠
청하다가 홀리듯 붉은 꽃떨기 후회 없이 피워보는 것이라
고, 기쁜 건지 슬픈 건지 모르고 태어나 그리움으로 그렁그
렁 눈물 머금다가 홀연히 떠나는 것이라고, 봄 한 철 화르르
타올랐다가 툭, 미련 없이 지는 것이라고

   소금바람 드는 마량리 동백나무 아래
   버리기 아까운 목숨들 모로 누워 있다

   동박새의 눈시울 붉히는 저 꽃숨,
   붉은 조등 몇 개 꽃가지에 달려있다

문헌서원 가는 길

푸른 바람 회화나무 잎을 분다
태양이 그림자를 받아 적고 있고
기와집 몇 채
그림처럼 앉아있다

낮달의 시선 따라
오래된 인연을 만나러 가는 오후
홍살문을 들어서자
솔향 한 움큼 훅- 스쳐 온다
사위어 가는 나라의 명운 앞에서
지절의 삶을 살다 간 목은,
영당 앞 매화나무로 서 있다

담자색 햇살이 서원의 어깨 감싸고 있는 담장 아래
시간을 껴입은 배롱나무가
내 다가가는 발소리에 귀 쫑긋하다

장판각 문살 스치며 불어오는
푸른 바람 몇 점, 더운 이마 식혀주는데
초록을 밀며 돌아 나오는 길목 어디쯤에서
피안의 언덕 같은 당신 만났으면 좋겠다

시간에 말을 걸다

태양의 자취를 따라 칠월이 물감을 배열하고 있다
녹슨 사유를 흘려보내려는 듯
초록과 바람의 무늬, 물고기처럼 유영하고
오래된 것을 향해 나의 질문은 청동빛 눈을 뜬다

나무의 목록으로 무장무장 짙어 온 천방산, 폐사지 하나

초록을 찍어 기벌포의 전설 써 내려가도 좋겠다
버들자리 건너와 천일제를 꺼내던 천 명의 이방인들 막집
을 지었다는,
자취 묘연한 도승의 뒤를 따라 안개 사라졌다는,

탁발 나갔다 돌아온 새들조차 참선에 든 듯 고요한 천방
사 옛터

천방사엔 천 개의 방이 없다
분실한 유적만이 연체된 갈증으로 남아있을 뿐
무너짐의 번민만이 화석으로 서성거릴 뿐

석등 하나 없이
기와 조각들만 발밑 나뒹구는 옛 절터
그때의 안개 간혹 찾아와 습기 밴 목록 풀어 놓는다

태양이 나무의 근육 둥글게 건설하고 있는,

서천군 문산면 신농리 산 53번지
천 개 돌의 전설이 천방산을 지키고 있다
오래도록, 산중 칩거를 이루고 있다

봄의 생태학

들뜬 마음 배낭에 얹어 집을 나선다
꽃씨 같은 오늘을 길 위에 부려놓는다
안달복달을 구름에 띄우니 바람이 봄의 귓불 만지락거린다

신발코 향하는 곳은 희리산 자락 숲길
집을 나선다는 건 돌아와야 할 숙제를 안고 가는 것
어린 쑥에 눈길 보내고 민들레에게도 말 붙여봐야겠지
떠미는 바람에 발걸음 절로 싱싱해져야겠지

명주바람 울러 멘 비누거품 같은 봄날
호수의 풋가슴에 낮달 떠 있다
하늘에 발 담근 왕버들 봄을 잣고 있다

산개울 따라 연두가 광합성을 키우는데
흰구름 속으로 새 한 마리 들어가자
햇살 와르르 쏟아진다, 나는

배낭 가득 뻐꾸기 소리, 산물 흐르는 소리,
제비꽃 웃음소리를 담아오는 중이다
맑은 고독을 담아오는 중이다

마음 약국

내가 사는 읍내 서천초등학교에 효과 빠른 우체통 하나
있어
어디든 아프다는 사연 적어 우체통에 넣으면 어느새
파랑새 날아와 편지를 읽고 주황 부리로 처방전 꺼내지

작은 상처엔 밴드만 붙여줘도 금새 맑아지지
사과꽃 마음 너무 많이 다쳐 붉게 우는 아이에겐
빨간 약만 발라주어도 딱지가 생기지

마음 중에도 지붕 쪽이 망가져 아픈 아이에겐
엄마표 사랑과 아빠표 관심을 주입해
비가 들이치는 상처에 새살 차오르게 하는데,

봄이라고 다 같은 봄일까, 이번 봄은
운동장에서 우주 속을 달리는 아이들 마음서랍에 담는다

나는 너를 너는 나를 활짝 꽃피우기 위해
서로 닫힌 창문 넓게 열어주면
구름이 웃고, 바람도 한 옥타브 맑은 휘파람을 꺼내지

사과꽃 통째로 향기로운 오월, 나도
화농의 상처까지
오래 업어줄 마음약국 하나 갖고 싶다

2부

투명한 비명

평생 물밑 지형을 더듬고 다녔을 꽃게 몇 마리,

개수대에 만발하는 입맛을 부려 놓자
발끝에 울음을 매달고 사는 족속들 일제히 아우성친다
입에서 흰 비명을 꺼내는 녀석도 있다

낯선 침범을 경계하는 단단한 미각을 솔로 닦는다
개펄을 놓친 낭패감이 강할수록 거센 버팀들
다음을 손질하려는데 보라색 집게다리 하나 뚝,
딱딱한 습관을 체념하듯 내게 방금 내려온 자신을 던진다

옆길만 믿어온 종교는 앞뒤를 재는 일에 서툰 것일까

낯선 침입을 견디지 못하고 남은 한쪽마저 버리고 마는,
어떤 성질 사나운 바다는 전부를 포기하고 몸통만
추신처럼 남겨놓기도 한다, 순간 나의 뒤통수가 후끈하다

불편이 서툴러 숱한 만남을 걸어 잠그고
사고처럼 다가온 아픔을 이유 없이 떠나보냈던,
삶의 퇴적층에 멍울처럼 만져지는 내 집요한
최후 같은 다리 허공에 내어준 개수대 속 꽃게처럼

>
쉽게 포기해 버린 청색 그들을 생각한다
들녘 어딘가에서, 숲속 어딘가에서, 바닷가 어딘가에서
지금도 귀가하지 못하는 나의 해묵은 조각들

저녁이 방문한 창가에서
철 지난 후회 하나 독백처럼 집어든다
몸통만 남은 채 최후를 두드리는 기척들을
측은스레 바라보는 봄날,
빛바랜 일기장에서 내 기억 밖으로 밀려났던 숨진 바다가
누군가를 흉내 내며 속울음을 손질하고 있다

호미의 의미론

날이 뭉툭해진 하현달 하나
자신의 생을 다 소진하고 시렁에 걸려있다
모든 사물은 처음부터 나중까지 저간의 분량을 먹이로 내
주며 산다
이웃 가까이 둥지를 튼 순녀 할머니
그녀의 처음은 어떤 입구와 마주했을까

풀잎보다 가느다랗던 미소를 챙겨 낯선 사내에게 묻어왔
다 했지
모진 자갈밭 이곳저곳 누비는 사이 견고했던 손끝 무뎌
지고
흙 속에서 무수한 기도를 한 자 한 자 새기다 날이 저문 그
녀의 일상

열 마지기 가득 호미 끝으로 파고 새겼던 생의 문장들로
잉크보다 캄캄한 묵정밭에 맨발로 서서
도회지로 나간 식솔들의 안부를
새벽부터 저녁까지 흙 위에 새기고 새겼던 그녀
밤이면 기도가 빠져나간 자리마다 통증이 고여 욱신거렸다
그때마다 자꾸만 자꾸만,
호미처럼 굽은 허리 어디쯤에서 염증이 부풀어 하현달
이 떴다

>
순녀 할머니 오늘은,
몇 알 넋두리를 구입하기 위해 읍내라도 간 것일까

충치처럼 뭉텅 뭉텅 빠져나가는 소멸의 모퉁이, 그 끝
등 굽은 호미 하나 반쯤 기운 하현달처럼 자주 다리를 전다
오늘도 가난한 허리에 연둣빛 들판을 묻히고서
냉이꽃처럼 흔들리며 천천히 천천히 돌아오는 저물녘

아랫목처럼 잘 데워진 봄이
앞으로 몇 번이나 더 남았을까
고개 숙인 고사리처럼 힘없이 내뱉는 독백,

물기 빠진 절기들을 곰곰 짚으며 시렁 한쪽에 걸려있는
호미의 이마를 오래 쓰다듬고 있다

오늘을 팔아요

미영청과 앞을 지나다가 이마 시들해진 토마토를 본다
스티로폼 상자 안에서 철지난 목록이 말라가는
너도 아직 오늘을 다 팔지 못한 게로구나

점점 시들다 폐기처분 되는 하루,

우리 집에도 있다,
서너 평 남짓에 누룩 같은 체취 암기하는 고시생 하나
근처 24시 편의점은 유통기한 짧은 궁리를 저렴하게 리
필해주고
출구 없는 고뇌가 그의 낮과 밤을 포인트로 쌓아놓는다

멀어서 간절한 내일
인기척 뜸한 새벽이면
기도들은 교회 십자가 밑으로 고여 들고
물잠자리처럼 푸르게 날아오를 날 기다린다

소식을 기다리며 사막을 건너는 밤
하늘에 나리처럼 별이 피다가, 땅에 꽃이 뜨다가,
네 안에서 살얼음 낀 강이 되다가
그렇게 하얀 낙타무리처럼 아침이 오고야 마는

>
파장에 쫓기며 포기하는 목록들 늘어날 때마다
반값 할인이라도 하려는 걸까 고시원,
아직 청춘을 개시 못한 재고품들이
야심한 시각 참고서처럼
낡은 불면을 넘기며 곳곳에 밑줄을 긋는다

손끝에서 밤새 비 오는 소리 들린다

산딸나무꽃

산딸나무 한 그루 하얀 등불 켰다

숲,

환하다

해 저물어도 적막하지 않겠다

햇살을 정산하다

밤의 집에 침묵이 찾아오면 고요는 제 옆구리를 헐어
그림자를 내곤 하였다
이따금 문밖에선, 야윈 달이 대나무 그림자를 베고 누웠다

맨드라미가 태양을 켠 한낮, 방금 전보다 1g 더 소멸된
노파의 생이 애완견 등을 쓰다듬고
뒷산 뻐꾹새 소리보다 반 박자씩 늦게 당도하는 눈꺼풀
너머로 졸음을 여닫는 고양이
내일이 처음이 되는
세월의 이삭을 줍는 사이 그녀, 천천히 하나의 유적이 된다

그녀와 첫 만남을 꺼낸 것은 햇살 부스러지는 여름이었다
장마였을까
몸속 소화불량을 꺼내 시큼한 것들 울컥울컥 토해내고
여기저기 막히고 휘고 뒤틀린 퇴행성 징후들 개미처럼 기
어 다니는
수심의 곡절 너머
독거가 가져온 고립을 세일 상표처럼 달고서 울컥 밀물지
는 눈, 물을 찍어냈다

세상 모든 일몰들이 귀가할 곳은, 불 꺼진 창 밑이 제격
인지

\>

노쇠한 근골은 맨 먼저 보행의 불편을 단속했고
아직 지우고 싶지 않은 무료급식소 근처 온기 가득한 기
억들
아무리 염증을 삭혀도, 자꾸만 풀과 나무로 돌아오는 덜
마른 날짜들
오후의 화분 속은, 누군가 버린 구멍 난 양말처럼 눅눅했다

이마가 반짝이던 식솔들 대처로 쓸려나간 지 오래고
숨 가쁜 이면으로 일 년에 한두 번
손님처럼 건너가는 것이 고작이던,

목욕차가 도착하자
고체처럼 오래된 노구를 열고 각질 같은 고립의 퇴적층
을 벗긴다

마루에 미지근하게 앉아
목욕물에서 주입된 나른함을 모락모락 말리던 노파,
볼우물 깊게 패인 얼굴에
몇 개 검버섯이 유언하듯 바람에게 말을 건넨다

간밤 뒷골목 어느 집에서
상한 밥처럼 화장터 저쪽으로 폐기된 홀쭉한 기척은 지금

어디쯤으로 삭제되는 중일까

노파 하나, 늙은 마루에 앉아
잔고가 얼마 남지 않은 가을볕을 자신의 독백 속에다
오래 퍼 담고 있다

봉숭아

오랫동안 닫아두었던 울음,
터졌다

둥근 감옥의 질량

톡-, 톡-,

흘린 씨앗 손수건에 받아
적는다

푸른 바람 스치는 통점,

달아나려는 계절 집어 든
마음 한 송이 붉다

구름을 경작하다

노인에게 빈자리가 생겼다

얼마 전 몸 식은 여인 하나 흙에 심었다는 그를 위해
세 평 남짓 영토를 일구었다

몇 날 밤 가슴에 돋아난 불면에 흙을 고루 섞어
마당에 약속 몇 포기 심어 놓았다

체념은 잊어야 할 마음의 다짐을 뒤척이게 하는데
지난 시간에 집착하는 그의 상념은 우물처럼 깊다

술병이 대신 우는 밤
바람이 노인의 한숨을 떠메고 담장 너머로 멀어지곤 했다
잠이 길을 잃은 날 아침은 햇살의 기울기가 비뚜름하다

내가 심어 놓은 약속 몇 포기 빈 행간을 채울 수 있을까

불면이 기댈 곳을 잃었다는 소식을 들은 건 얼마 전의 일,
추억 안쪽은 아직 떠나보낸 여인의 의미를 되새기게 한다
오래도록 마음 멈추지 않을, 체념이란 그런 것이다

안으로 깊어진 그늘들 서둘러 시드는 사월,

손수건 같은 흰 구름을 햇살이 들어 올리자 비의 열매들
한 뼘씩 성장을 서두른다

새 소리 따라나선 마당 끝에서 분실한 절기를 독백처럼
짚다가
노인은 계절의 속도에 화들짝 놀랄 것이고

소복 같은 사연들 익어가는 푸른 고랑 사이에서
가끔은
오래전 놓친 유행가 몇 소절 파르르 흔들리곤 할 것이다

빈집

빈집의 내력을 읽는 일은 낡은 퇴적층 한 채 펼치는 일
오랫동안 닫아걸었던 문 열고 들어서니
헐벗은 마루가 풍경을 들여 앉혀놓고 있다

바람이 거미줄을 건드리자 툭, 쏟아지는 묵은 안부
돌아갈 수 없는 시간을 유산처럼 간직한 채
초인종 없는 대문이 낯선 방문을 경계한다

많은 식솔 거느리던 여러 개 가마솥과 입 큰 물두멍
장독대 배부른 항아리들과 두 개의 굴뚝이
사람들 제법 들락거리던 둥지였음을 말해주는데
나이 먹은 우물이 배회하는 햇살을 불러다 씻긴다

옛사람 떠나고 자녀들 대처로 나간 지 오래
벽의 속살이 박제된 눈빛으로 바라보고,
뒤꼍 푸른 대나무 영토확장에 힘줄 돋우는 사이
앞마당 잠가놓은 풀들 주인 행세 하느라 분주하다

구름이 맨발로 내려와 지붕을 탁본 뜨는 동안
얼룩진 벽으로 다가가
해묵은 각질 걷어내자 켜켜이 쌓였던 잔기침들 풀썩인다

>
유통기한 지난 시간들 밀봉된 고택,
망각 속으로 밀쳐졌던 기척들을 호명해 봉당에 불러 모으
는 늦은 오후
자투리 계절을 또 느리게 익혀갈, 창백한 외벽이
묵정밭 한켠에 관절염 걸린 그림자를 부려놓고 있다

형제, 낡음을 수집하다

형의 무논에 봇물 찰랑일 때
동생 이발소에선 가위가 분주했다

허공에 다지던 그들 생의 결기,

발자국 운반하는 세월을 신고 동생은
서너 겹 산 너머에서 여덟 식구 분량으로 살았다

물어뜯긴 시간 어루만지며 낡음이 된 그들,

그해, 늦게 당도한 계절에게 사기당한 동생은
전동차 바퀴를 밀며 어느 날부턴가
고철을 수집하러 다녔다

버려진 것도 단단해진 독성만 잘 삭히면
그럭저럭 재활용의 노래가 되던 세상

동생은 저승 어디에 재활용 코너 하나 차렸는지
체납 고지서 찢어버리듯 남은 삶 들판에게 던져주고
무덤 저쪽으로 향하였다

뒷모습 길게 따라 울던 형은

느티나무 잎 뛰어내리듯 혼자가 되었다

불현듯 엎질러지고 만 동생의 여백
노을보다 먼저 울컥, 속눈썹 젖는다

문득 내일로 다가온 건강검진 예약
알림 문자가 윙윙대며 옆구리를 찌른다

명치를 스치는 초저녁 바람에
서랍 속 약통을 미지근히 더듬는다

마침표를 읽다

다급한 목소리를 받아들고 병원에 도착했을 때
지나고 있었다 그녀
더는 돌아올 수 없는 잠에 실려 막 영안실 복도를,
폐암이라 했다 삶을 떨이하듯 황망히 되돌아간 여인 하나
가족들 더는 그녀의 지문을 읽을 수 없게 되었다

열 살쯤이었던가, 감 팔러 간 엄마
목 길게 늘이고 서서 돌담 길이를 몇 번이나 재었던지
광주리에 조급함을 이고 돌아오던 엄마를 보자 글썽이던
내 유년
어린 다리 포개고 누우면 그녀 허리춤에 붙어 확인하던
체취 몇 조각,

한때
구름을 맛깔나게 버무렸던, 이제는 창백해진 여인의 손
을 흰 천으로 덮는데
검은 정장이 다가와 장례 절차를 두드린다

이제는 딱딱해진 눈물 하나
먼 산에 이식해야 할 시간, 평생 구면이었던 남자가
자신의 그림자조차 단속할 수 없게 된 그녀를
땅 밑 필통에 넣고 잠그며 오래, 운다

낮달과 리어카

별을 키우던 그가 서둘러 떠났어요

어느 여름
아미산 모퉁이길 돌아가던 네 바퀴
리듬 따라 퍼지던 조카들과 맑았던 한때
능선이 키웠던 풀냄새까지 수레에 싣고 갔겠지요

엄니, 머리가 아파요

군 제대 후 병원 문턱깨나 밟았지만
원인도 모른 채 궁금증의 약봉지만 늘어가고
삶을 체념한 채 제 흔적 삼킨 거미처럼
세상에 던져두었던 이름 한 칸 지우고 떠난

그가 달 속으로 간 후
늙은 아버지 소주병엔 밤에도 낮에도 젖은 흐느낌 출렁이
곤 했어요
욱신거리는 하늘 저쪽

이마에 손을 짚은 그가 낮달 속에서 부스럭, 돌아누워요

감나무로 아버지를 읽다

가을 깊은 뜰,
감나무 한 그루 고목으로 서 있다
묵은 안부를 걷어내자 검버섯이 염치처럼 진화한다

오늘도 더디게 가는 시계에 시선을 가둔다
습관처럼, 촉수를 세우고 누굴 기다리는 것일까

삽자루 머리 위로 추켜들고
  장마에 불어난 내도 거뜬히 건너던 뚝심은 어디로 보냈
는지,

젊은 날의 용기勇氣는 용기容器에 갇혀버리고
요행이란 말은 유효기간이 지난 지 오래다

평생지기를 여읜 여백이 뼛속 깊이 전이되었는지
작은 바람에도 쉽게 꺾이고 마는 감나무

관절통 약 몇 알 털어 넣고
거미줄 같은 질문들을 풀어내며
오늘도 통풍 시린 밤을 건너고 있다

오월 경전

어미 연어는 제 살을 찢어 새끼연어에게 먹인다
퀭한 눈만 남기고,

어린 가물치는 저를 출산하기 위해 눈이 멀어버린
어미의 아가미 속으로 들어가 어미의 눈이 된다

일흔다섯의 아들이 백일곱의 세월을 두른 어머니를 업고
춤추는 모습 TV에서 아름답다

푸르른 하늘 아래 빛나는 보은의 경전들
마음 두루 세상 읽는 법을 익히는데,

분실한 카네이션 한 송이 독백처럼 집어 드는 오월
내 마음 휘청, 이슬에 젖는다

H라는 깃발

손끝이 눈이고 진동이 귀가 되는 아이
헬렌의 처음 세상은 실한 빛이었고 청음聽音이었죠
붉은 열꽃 찾아오기 전까진,

암전된 시간을 돌려주세요
열병이라는 그물에 걸린 H
너무 일찍 자물쇠 채워진 눈 귀 혀,

신은
하나의 문을 닫을 때 설리번을 보냈을까요
헬렌이 그에게 꺼낸 첫 대답은 녹물 같은 몸부림
설리번이 그녀의 손바닥에 심어준 말의 돌기는

본다는 것, 듣는다는 것 모두 마음 안의 일
그녀가 새로 장만한 유월이 손 흔들고 웃어요

알아요, 당신에게도 한때
H처럼 캄캄한 흑비가 내렸다는 것

그런 날이면 태양도
칠흑의 먹구름 점자처럼 더듬다
좀 더 환한 들판을 백지에 가두는 법을

익히곤 하죠

H라는 상징을 아세요?
간절함이 내걸은 그 미소는,
누군가에게 가장 환한 깃발이 되기도 한다는 걸

유빙의 날들

웃는 법을 잊어버린 창백한 옆모습
시도 때도 없이 휘몰아치는 급류를
옅은 미소로 받아 내고 있다

핏줄에게서 서울역 계단으로 내쳐진
그가 눈물을 처음 만진 건 다섯 살 무렵이었다
단물 빠진 달이 귀가를 서두르던 밤
구겨진 종이처럼 세상에 폐기된 후
홍등가 뒷골목에서 어린 잠을 의지했던 날들이
그의 유일한 보호자였고 울타리였다

낡은 불빛에 기대어
어미 잃은 짐승처럼 홀로 배회하던 그림자
귀가를 잃은 눈에서 영글어가던 진주 몇 주르륵
단단히 잠갔던 둑이 무너지고 만다

혹독한 얼음이 빙하처럼 떠다니는
차고 시린 밤거리를
무엇으로 헤엄쳐 건너왔을까, 맨발의 아이는

어둠에 난파됐던 날들이 옆구리로 쓰윽 끼어들고
금 간 시간을 누더기처럼 덧대며 넘어온 나이 서른둘

>
목숨 건 유빙의 날들에서 막 구조되려던 어느 날
몇 개의 암덩이가
깨진 얼음 위에 그를 감금한 채 다시 소용돌이치기 시작
하고
병실을 기웃거리던 하현달이
방금 의사에게 도착한 검사소견서를
어깨너머로 훔쳐보다가 울컥, 참았던 울음을 차트 위로
쏟아낸다

모니터에 나타난 창백한 저 혐의들, 한두 개가 아니다
몸속 장기에는
그가 건너온 것보다 더 차고 날카로운
유빙들이 작은 생을 뒤덮고 있었다

고래의 노래

52헤르츠*고래의 노랫소리 들어본 적 있나요
누구도 흉내 낼 수 없는 소리를
심해 곳곳에 울려 보내지만
알아듣는 이 없는,

피아노가 내는 가장 낮은 옥타브를 가진
20헤르츠 고래는 멀리 있는 고래들과도
사랑을 나누죠, 긴 수염고래 말예요

외로움과 친해지면 외롭지 않으려나요
남들과 다르다는 것에 대해 생각해본 적 있어요
생각만 높던 어느 겨울노래처럼 말예요

심해의 별빛 타고 흐르는
52헤르츠 고래의 노랫소리
들·고·있·어·요

* 진동수의 단위를 나타내는 말, 52는 고래의 이름

3부

어느 바람에 관한 기록

아득한 기억 하나 꺼내요

오래전,
바다를 밀고 풍경 좋다는 무인도에 닿았어요
잔잔한 외출이었죠

뒤척임을 시작한 것은 물푸레나무 잎 같은 점심 직후였
어요
봄날의 바다는 믿을 수 없나 봐요

섬을 벗어나려는 모터보트에 가지런히 앉은 신발들,
해풍은 어디쯤부터 우리를 미행했을까요
긴장된 표정 뒤로 포효하던 바다의 서사 읽으며
세상에 나온 지 일 년 남짓한 아기를 꼭 껴안고 있는 여자,
그때 기도를 꺼내는 자세였을까요?

풍랑은 바다 한가운데서 더욱 난폭해졌어요
머리칼 밀치고 들어오는 소금도 불편의 제목이 못 되었죠
서로의 눈조차 마주칠 용기, 가 없었어요
치명적일 수 있는 파도 앞에서
살고 싶다는 간절함만 눈 속 깊이 고여 있었을 뿐,

>
'나 때문이라면 어쩌죠, 풍랑 말이에요'
　여자는 아기의 별 같은 눈동자를 바라보며 요나를 떠올렸어요

　니느웨를 거부하고 다시스로 도망가던 구약성서 속 요나가
　풍랑을 만나 물고기 배 안으로 던져진 곳이 이곳쯤이었을 거라는,

　갈매기들을 찾아야 해요
　3을 꺼내와야 하거든요
　요나가 3일 동안 물고기 배 안으로 던져졌다가 살아나온 표징 말예요
　그리스도가 십자가에 못 박혀 죽었다가 3일 만에 부활하신 사건 말예요

　그분의 계획을 보아요
　요나가 니느웨를 향해 신발 끈을 조여 매고 있어요
　이렇게 3을 만질 수 있어서 다행이에요

　이제 막 포구에 도착하였나요, 모터보트 말예요
　여자의 입술 사이로 미소 조용히 흘러요
　어린 갈매기 물푸레나무 새잎 하나 물고 있어요

튀니지의 가시나무

하고 많은 꽃 중에 왜 하필 가시가 꽃이냐고
한때 불만 꺼낸 적 있었죠

정향나무나 금목서처럼 사람을 들뜨게 하는
나무가 되고 싶었어요

절실한 무엇, 있어
흔들림은 잦고 울음의 목록 길었죠

그분 머리에 씌워진 가시 면류관
내가 그분의 이마를 찌르게 되었다니요

기도처럼 서 있어요
이건 참회의 자세이죠

그거 알아요?
완성하지 못한 나의 웃음
울음을 닮아있다는 거

무화과나무꽃

꽃도 피우지 못하는 나무라고
말을 뱉고는
아무렇지도 않은 듯 사라지는
사람 있다

그 말 꿀꺽 받아 삼킨다

마음에서 가시가 되는 느낌표 하나
견디는 일쯤은 이골났다는 듯
침묵 딛고 그녀 몸속 여백에
피어난 꽃

무화과나무에 무화과꽃
피었다

눈물 숨긴 무화과
마음 깊은 곳에 붉은 꽃 달고
서 있다

웃는 일 잠글 수는 없었겠지

서천교회 담장 너머 무화과나무 한 그루
기도의 열매 달고
서 있다

부직포에 갇힌 봄

길을 잃었다
사람들,

간밤을 기침으로 지새운 낮달이
이마를 짚으며 병원 쪽 행방을 더듬는다
방송을 틀면 연일
상한 빵처럼 부푸는 창백한 숫자들
관 속에서 걸어 나온 소문이
좀비처럼 떠다닌다

너와 나의 거리가 서둘러 단속되고
마스크 쓴 봄이
소독약을 피해 서너 걸음 뒤로 물러선다

바깥 풍경에 합류하지 못한 화분 하나
신발을 신고 싶어
현관 쪽을 기웃거리는데,

그의 뒤척임 알아챈 것일까

결빙의 마음 추스려
반 뼘씩 향기를 운반하는 달력

>
남쪽을 수혈하는 바람이
지느러미 늘여 화한 길을 내고 있다

어린 왕자

아침,
다섯 살 현우가
어린이집 버스에 탔다

현우 엄마,
버스가 보이지 않을 때까지
뿅– 뿅–
손 하트를 날린다

우와,
우리 엄마 너무 예뻐!

눈부시도록 쏟아지는
아침햇살

어린 왕자가 내 앞에서
웃고 있다

그 남자 1

색맹인 남자가 있다
세상이 흑 또는 백이다
유일하게, 그의 그녀만 컬러로 보인다

마음 닫고 눈도 감고
절벽을 밀며 살아왔는데
세상을 볼 수 있게 해준
그녀,

파이팅을 외쳐주는 그녀 곁에서
날마다 따뜻함을 입는 남자

외 · 쳐 · 본 · 다

나
지금
이렇게
행복해도 되나요?

하얀 염증

폐업 신고를 마친 젊은 사내 비틀걸음으로 사라지는
오후,
웃음 잃은 봄이 건초더미 위에 앉아 졸고 있다

전화선을 타고 건너오는 기침 소리에
거리를 재는 습관으로, 나도 모르게 몇 걸음 물러서고
보이지 않는 벽이 외출들을 갈라놓는다

사탕을 씻어 먹는 습관이 생겼다
댓잎마저 부주의한 무언가에 감염되었는지 푸른 빛을 잃
었다
나무와 들판의 안부는 아직 미심쩍은 거리에 있는데,

터진 솔기 사이로 경계를 허물고 새어 나오는 긴 숨
붉은 시간들 우물처럼 깊어진다
거리로 나서면 해묵은 기침들이
연신 행인의 눈치를 살피며 오그라든다

누가 불러 앉힌 걸까,
삼월과 사월이 몇 걸음 더 연착되고
조바심 가득한 확대경 속
매실나무 한 그루 하얀 염증을 피워대는 한켠

>
어디서 옮았는지
핸드폰 액정 속 창백한 숫자가
새순보다 한 뼘 더 웃자라 있다

발자국

달팽이 한 마리 여름을 건너고 있다
성자처럼,

제 삶의 흔적 하나 남기고자
화석 같은 집 한 채 짊어지고
여름 사막을 걷는다

타협을 모르는 삶, 준엄한 잣대 속
묵언 수행 중 표찰 이마 위에 달고
꾹, 꾹 침 바르며 제 삶을 적고 있다

흔들림의 지선 따라 풍기는 저 살냄새,
메마른 길을 밀며
온몸으로 오체투지 한다

까마중

봉숭아 맨드라미 백일홍
장마당처럼 보따리 풀어 놓으면
햇살은 지느러미 늘여 하얗게 찰랑댔다

뒤란 곳곳 자리 잡은 까마중,
허공 붙잡은 진실이 익어간다

귀부인처럼
흑진주 귀고리 매달은,

엄니가 좋아하는 다산형이다

엄지와 검지에게 표정 읽히는 태양의 눈동자들
매미의 계절 속으로 반 뼘씩 이동하고
생각 많은 낮달, 초록을 걸고 있다

유월 한사발

일기예보를 살짝 바꿔치기한,
비가
바쁘게 뛰어내리고 있다

마른 고집 꺾고
대지의 가슴 적시는 유월의 비
초록하다

유월 한사발 마시며
뱃살 튼 두둑들 무장무장
감자꽃 오르게 하는, 뻐꾸기 소리
청랑하다

산 아래 다랑논에 심긴 어린 모들
단비에
촉, 촉, 살 오르고 있는데

작설을 마주한 나는
유월 초이렛날의 오후를 따르고 있다

애인

가방 속에 아침을 넣고 하루를 나선다
가방이 온종일 나를 읽는다

점심을 먹고 나니 눈치 만점의 그가
입술 창백한 나에게 분홍 립스틱을 건넨다
마른기침이 잦은 나에게
사랑의 온도를 미리 익혀놓은 텀블러를 건넨다

감정을 배기지 못해 눈물을 꺼낼 때도
십자수 손수건 슬며시 건네주고
가끔 핸드폰의 소재를 수소문하게도 하는,

나의 가방 속에 애인이 들어있다
쉿!
이것은 비밀

해란초

드라마 속 주인공이 한강 다리 난간을 기어오르다가 검푸르게 출렁대는 강물을 보고 땅바닥에 주저앉는다

바닥만 기는 인생인데 무슨 미련이 남아 죽음을 무서워한단 말인가, 주먹으로 눈물 훔쳐내는 그녀

신발을 도로 신는다

노동의 허기 여전한데, 쏟아지는 어둠 막막한데
삶의 막다른 골목에서 그래도 사는 것에 더 애착이 가는,

마딘 꿈을 삼키고 있다

모래사막 같은 도시의 바람 견디며 뿌리내려보고 싶은 해란초

상현달 넘겨다보며 절벽을 밀고 있다
까칠한 세월 한 채 읽고 있다

변명을 잠그다

귀가 사나워진 게지 많은 것을 들은 탓에
눈이 어두워진 게지 많은 것을 보아온 탓에
목소리에 구름 낀 게지 많은 말을 하며 살은 탓에

이젠
변명조차 잠그고,

귀가 순해져야 해
눈이 맑아져야 해
입이 착해져야 해

익어가는 일 게으르지 말아야 해

묵정밭
생각 많은 모과나무 한 그루
헤진 저녁, 을 꿰매고 있다

용서라고 쓰고 사랑이라고 읽는다

유빙처럼 떠도는 말 하나 꺼내요
모르게 감추어둔 못자국

용서를 미루어도 될까요

당신이 뱉어낸 그 말 산안개로 떠돌아요
마음 잠그는 것도 습관이 될지,

당신을 시간 밖으로 밀어내는 일에 익숙해져 가고 있어요
어쩌면 이건 본심이 아닐지도 몰라요

당신이라는 이름으로 가만히 만져지는 상처 하나
지우기가 꽃피우기만 한 아픔이죠

넘어진 용기를 일으켜
이젠 삭제 버튼 실행해도 될까요

용서라고 쓰고 사랑이라고 읽고 싶은,

당신에게 이 생각 닿을 즈음
오월 초하룻달 동쪽으로부터 떠오르겠지요

바람의 페이지

갈대가 바람을 흔들고 있다
먼 곳의 소리 풀어놓는 금강,
바람은 오래도록 유목이었다

태양이 예각의 방향에서 뛰어내리고
물오리 한 쌍,
방금전 사진첩에서 빠져나와
하루치의 태양을 자맥질하고 있다

입안 가득 공명 꺼내는 물오리떼
오후의 반올림이라도 펼치려는 것일까
후렴까지 부르고도 남은 구절이
실금 간 주어를 수선하고 있다

금강이 낮달과 자물리는 사이
바람이 십오 도쯤 방향을 흔들고
오렌지 정물 같은 계절 한 폭 저녁으로 채색될 즈음
설산 뚫고 건너온 가창오리 떼

춤사위 펼치는 공중 무희들

시월, 금강하구에 가면

새의 부리를 빠져나온 바람이
조류도감 같은 하늘을 비질하고 있다

풍경을 담다

시간 껴입은 느티나무를 지나
마당 깊은 산사로 들어서면
기와지붕 위로 한가로운 오후가 익어가고
새소리 몇 주심포에 웃음 얹어놓고 있다

푸른 바람 법당 문고리 살폿 스치고 지나가는
서천군 한산면 건지산길 봉서사,
바쁜 당신의 일상이 놓친 마음 하나 꺼내
처마 아래 풍경소리와 마주해볼 일이다

이곳에선
참선에 든 누군가를 위해 잠시 말을 꺼두어도 좋겠다

다녀간 누군가의 기도처럼 고요한 봉서사엔
오래도록 사라지지 않은 문장 있어
월남과 석초의 정신 산사나무로 깊어지고 있는데,

극락전 아미타여래삼존좌상이
마당 한켠 마주 드리운 녹음으로 눈 씻으신다
약수 한 사발 떠 목마름 축이신다

　조금 전 당도한 여행자의 눈 속에 내 걸은 수채화 한 폭
초록하다

>
밤이면 별빛 무더기로 쏟아져 내릴 것 같은,
이곳의 명물은 구절초와 풀벌레들이 여는 산사 음악회
이고
추억처럼 깊어지는 시인의 산중문답이다

단청의 격자무늬 문살 스치는 바람 한 점
화엄 도량에 스미고 오늘
당신이 놓고 간 풍경은 오래도록 독경에 들었다

4부

하루를 꿰매는 사이 저녁은 낮게 엎드리며 오고

팔월, 여자들 수다 무더위를 냉각시킨다
남 이야기는 맛있는 법
바라는 것 거셀수록 농담들 짙다

자식은 가마 위에서 놀고
남편들도 도마 위로 소환되고
시댁과 친정까지 역설적 웃음에 버무려지는 한낮
열무김치 같은 오후, 가 익어간다

입담 구수한 그녀가 한 마디 조미료를 친다

어느 날 서울 한복판을 질주하다 차선 잘못 들어
　서둘러 차선 변경을 하는 바람에 하마터면 사고를 자초
할 뻔했다고,
　그때 험상궂은 사내가 차창을 열더니 눈을 부라리면서 겁
박하는 표정을 짓더라고,
　순간 스미마생 스미마생
　애교를 듬북 담은 사과에 도리어 당황한 그 남자,
　저 여자 외국 사람인가 봐
　검은색 차창이 닫히고 그 여자, 가슴 쓸어내리며
　안도의 한숨 뒤 입가에 얄궂은 미소 피어나고,

>
이렇게 팔월이 저물어 가는데
해 저무는 줄 모르는 농익은 수다에
피식피식 받아 적는 낮달의 동글한 미소

하루를 꿰매는 사이 저녁은 낮게 엎드리며 오고

개망초꽃

유월을 꺼낸다 개망초꽃
외로움끼리 모여 흰, 이 흔들리고 있다
바람을 두른 소복 여인
창백한 시간을 버텨내고 있다
흔들림에 익숙한 듯 삶의 조각 맞추고 있는

누가 저 여인을
아무 데서나 마음 여는 꽃이라 하였는가
아무에게나 마음 열어 웃고 있지만
아무렇게나 살지 않는

달갑지 않은 시선일랑 거두어 달라며
길섶 망초꽃 순절의 향기 뒤척인다

허공에 발목 묻고 노숙의 잠 삼키는 그녀,
위로받고 싶은 사연 심중에 담고서
백야의 밤을 건너고 있다

울음의 흔적

간밤을 수소문하다 만져본다
바위틈에 남겨진 뱀의 허물,
지나던 바람 간혹 몸 재어보는

울음의 흔적이다

칼끝바위에 구태를 허물던 고요
제 살을 벗는 동안은 눈도 세상을 잠근다
전송된 어둠의 페이지
나무는 읽었을까,

지천명을 지나는 사내
뱀 허물 벗듯 퇴행의 행간 허물려는지
자신의 시간에 점자 같은 물음표 남겨놓고
해 저물도록 소식 잡히지 않는다

사색의 경계 밀던 바람 간간이 다녀갈 뿐
어둠 이슥토록 사내의 귀가가 지연되고
남아있는 밤을 뒤척이는 비늘구름
상현달의 형식으로 넘겨다 보는 여자 하나

나무껍질처럼 단단한 침묵 뚫고

멀리 개짓는 소리 기다림을 더한다
불안의 안쪽 꺼내 들고
그 남자의 여자 발끝으로 서성이는데

구름 꽃 흐르는 어둠 저쪽에서
허공 젖히며 걸어오는 실루엣 하나
달의 방향으로 그림자를 심고 있다

꽃샘추위

새들의 수다로 산수유꽃
노랗다

겨울 개간하여 당도한 봄

너에게 건너간 나의 말들
꽃이 될 수 있을까

바람의 형식으로 나를
앓는데,

향기의 목록 꺼내 푸른 혀
발아하는 꽃

스마트시티 담쟁이

유성구 도룡동 스마트시티 38층에 살림 꾸린 담쟁이
주인보다 높아지고 싶었는지
틈날 때마다 수직의 벽 타고 오르더니
어느 사이엔가 도담도담 천정을 기어 다니고 있다
물구나무서기로,

저 다산의 잎들 계절마다 옷 바꿔입는데
주인을 닮고 싶었나 보다
둘러앉은 식구들의 말소리에 귀 추켜세우고
나누는 이야기 그러모으고 있다
높아서 멀미 날 법도 한데
걸어오는 바람의 농 가볍게 받아넘기는 담쟁이

푸른 밤 생을 비틀며 창가를 기웃대는 잎들
바삐 서두를 일 없는 생각인 줄 알았는데
제 삶의 무늬 차곡차곡 채워가고 있다
높아지려는 욕망은 너나 나나 매한가진가보다
하늘 가까운 층에 사는 재미 쏠쏠하겠다

마름질

장마 지난 후
허물어져 내리는 논두렁을 일으켜 세운다
길목을 덮친 산사태를 포크레인이 수습한다

무른 것이 어디 저들만의 일이겠는가,

내게도 가끔 젖은 것 찾아와 허물어지려는 날 있다
오늘의 시간 어제로 밀려나고 내일을
오늘로 차입하여 살고 싶을 때 있다
무너져 내리는 건 순간의 일,
경계를 딛고 내일을 축조하는 추스름 필요하다
마음 수평을 꺼내 무의식을 유랑하는 번뇌 사르고
오래전 걸어간 누군가의 처음을 따라
살아갈 날의 마름질 필요하다

다 잃고 돌아왔어도 살아갈 날만 보아야 한다
삶이란 그런 것이다, 오후 같은 생의 한 구절에
따뜻한 밑줄을 긋는

다행이다

기억의 모서리에서 생각 하나 집다가
푸른 저녁을 걷는다
조용히 깊어가는 산,

그리움을 밀어내다 시간이 향기로 흔들린다
참새가 햇살 한 모금 물고 나오다
생각을 여닫는 그 시간의 일

나도 내가 낯설 때 있다
그대가 부재로 남고,
회귀를 놓친 매미의 화석 하나
나의 동공을 흡입한다

귀뚜라미의 음계를 듣는 가을이다
꽃은 떨어져도 꽃이다
이것은 동백을 두고 한 말,

어둠을 씻어낸 아침
밤새 웃자란 생각 몇 안개 기둥에 매어놓고
햇살 지느러미 키를 늘인다

내 젊은 날은 구름처럼 다변하였으나

먼 길 돌아온 지금 스스로 충만한데

침잠하듯 조요照耀한 가을
다행이다 내 인생의 가을을 만나서

겨울 고요

아무 일도 일어날 것 같지 않은
눈 덮인 고요

누가 알겠는가,

저 대지의 가슴 속에
맥박이 뛰고 있다는 것을

가슴 시린 삶의 무게
담고 있다는 것을

삶의 답을 찾으려 애쓰는
뒷산 부엉이 울음소리

맨발의 겨울이
밤의 무게를 견디며 서 있다

흰 잔가지 털며
삶의 지도를 완성해 가고 있다

춘분 즈음에

봄꽃 심은 며칠 사이 두 번의 비가 다녀갔다
나뭇가지 위에 흰 발자국 남기고 가는 곤줄박이

턱 괴고 앉은 동백 무엇을 기다리나,

뒤란의 머위가 머쓱하게 머뭇대다가
촘촘이 햇살 세례를 받고 있다

세월 궁금한 개미 앞마당을 기웃대다가
종종걸음으로 사라지는 정오

수선화가 노란 마스크를 쓰고 마실 나간다

저만치 목련 한 그루 외출 서두르는 걸 보니
머지않아 하늘에 벚꽃 출렁이겠다

대지의 물오름 들이키는 춘분,
초록한 햇살 몇 포기 나뭇가지 위에서
그네를 타고 있다

아침 단상

적막을 씻어낸 비가 아침 무지개를 낳았다

용담꽃 이마 위에 얹힌 이슬, 송이송이 둥글진 데

빛의 굴절 피하여 분홍지게 피어난 복숭아꽃

길 잃지 말고 살라고 살구꽃 향기지다

나무마다 햇살 걸어놓고 하늘을 어루만지는 아침

아픔 두엇쯤 오늘은 돌려 말할 수 있겠다

약속

삼월,

뜨락 한켠
복수초
얼음 빗장 열었다

삼동의
말씀 받아
피운 꽃

그리움을 달려
너에게 도착한
봄

올해도
어김없이
봄

서로

티비 화면에 두 남자가 암벽을 오른다
아슬한 오름의 길에서는
나에 대한 믿음은 접고
너에 대한 믿음의 불은 켜야 하는 것

나의 마음에 너의 마음이 포개어질 때
심장은 더욱 뜨거워지고
붉은 피 더욱 선명해지는 것

서로의 마음 확인하지 않아도
그냥 마음이 가는
지내놓고 보면 그래, 그래도 너뿐이지
자신 있게 말할 수 있는

무릉이 어디 있냐고 묻거든

새벽이 태양을 들어 올려요
새들의 수다 귀에 담는 것 즐거운 일이죠
하늘이 나무의 옷을 재단해 입히고
꽃을 웃음 웃게 해요
바람이 거미줄을 건드리자 툭,
길이 열렸어요 유월이 드나드는 길 말이에요
뻐꾸기 소리 정겹지 않나요,
구름이 솜사탕을 만들어 보내왔어요
담쟁이가 벽에 밤새도록 낙서해 놓은 다음 날의 일이죠
혼돈을 정리한 우리 집 정원의 꽃들
나는 언어를 조탁해 시를 채색하고
웃음 버무려 꽃을 보듯 사람을 보고
내 생의 행복 하나 챙겨보기도 하는 날이죠
무릉이 어디 있냐고요?
세상에 대해 조금도 궁금하지 않은,
나의 정원엔 지금 꽃의 축제 만발이에요

골다공증

지난 가을 김장하고 난 뒤
무 몇 개 신문지에 싸서
서늘한 곳에 모셔 놓았다

보름나물을 위해
무를 꺼내 씻은 후
용감하게 잘랐다 뼈를

앗,
겉은 멀쩡한데 중심부터
숭숭 구멍이라니

골다공증의 여인 하나
습관처럼 앉아있다

매화꽃 부푼 달력 한 장
또 넘겨지고 있는데

버릴 수도 먹을 수도 없는
바람든 무

바람에게 묻는다
어떡하면 좋겠니?

가로수

가야 할 목적지를 잃어버린 그가
네거리 횡단보도 앞에 서 있다
우두커니,

어디로 향하던 길이었을까

흘러내리는 고개 가까스로 추스르며
생각 곰곰하다
색맹처럼,

생을 비트는 바람 한 점
갸웃거리며 스쳐 간다

휴먼시아 덩굴장미

뻐꾸기 소리 유월을 건너고 있다
휴먼시아 담장 휘감은 덩굴장미
절정의 숨을 열어 다산을 잇고 있다

꽃숭어리들 초경의 빛깔 닮았다
제 그림자에 묶여 길을 잃은 사람들
장미의 방향으로 시선 교정하는데

사랑에 감금되어본 사람은 안다
관능의 습성 얼마나 맹목인지를
꽃잎마다 신열이 피고
현기증 덩그러니 남는,

한때는 절정이었을 여인 하나
그녀 생의 방식에 밑줄 그으며
설렘으로 한 계절을 건너고 있다

미행하듯 따라붙는 낮달의 눈
둥그름하다
조신한 아낙의 숨겨진 열정처럼
황홀의 미궁을 통과하고 있는데

밀봉된 향기 바람으로 일어서는
휴먼시아 덩굴장미
그녀가 익힌 취향 중 가장 붉은

푸릇한 시의 기원을 찾아서

이경수 문학평론가

푸릇한 시의 기원을 찾아서

이경수 문학평론가

1.

조순희의 두 번째 시집 『바람의 이분법』은 기원에 대한 탐색으로 가득하다. 푸릇한 최초를 찾아 멀리는 역사를 거슬러 오르고, 한편으로는 "유목의 낭만"(「풀빛 신전」)을 좇아 자연 속으로 들어간다. 첫 시집 『꽃 피우는 그 일』(2019)에서 보여준 서정적인 기조를 유지하면서도 한층 더 확장된 시세계를 보여준다. "새벽이면 복된 하루를 견인하는 마량진"이라는 현실로부터 출발해 "구약성서 속에서 40일 밤낮 떠다녔던 방주 위로 비둘기가 물어왔던/그 푸릇한 최초"를 탐색해 보기도 하고 "오래전 이방의 윤택한 말씀 품고 당도한 푸른 눈의 사내들" "바실 홀과 맥스웰"(「마량진에서 만난 최초」)의 흔적을 찾아보기도 한다. 충남 부여에서 태어나 서천에 뿌리를 내린 시인답게 시 쓰기를 통해 지역의 현재와 과거를 답사한다.

조순희의 첫 시집과 두 번째 시집 사이에는 겨우 3년이라는 시간이 흘렀지만, 첫 시집 출간 이후 초유의 코로나-19 팬데믹을 경험했으므로 그 사이에 사실상 엄청난 시간적·

문화적·정서적 격변이 있었다고 보아야 한다. 두 시집은 전혀 다른 세계에서 출간된 시집이라고 해도 과언이 아니다. 푸릇한 최초를 찾아 기원을 탐색하는 조순희 시의 행보가 더욱 공감이 가는 이유도 여기에 있다. 그것은 인류의 기원에 대한 관심이기도 할 것이고 생명을 지닌 존재의 기원에 대한 관심이기도 할 것이다.

이번 시집 『바람의 이분법』에는 코로나-19 팬데믹을 경험하며 "길을 잃"은 "사람들"의 모습도 그려져 있다. "방송을 틀면 연일/ 상한 빵처럼 부푸는 창백한 숫자들"이 보이고 "관 속에서 걸어 나온 소문이/ 좀비처럼 떠다"니는 시절을 우리는 겪었고 지금도 겪고 있다. "너와 나의 거리가 서둘러 단속되고/ 마스크 쓴 봄이/ 소독약을 피해 서너 걸음 뒤로 물러"서는 시절. 그 시절을 지나며 "너와 나" 사이의 거리는 더욱 멀어졌다. "결빙의 마음"(「부직포에 갇힌 봄」) 추슬러 어김없이 봄은 오고 또 왔지만 팬데믹 이전으로 돌아가는 것은 영영 어려울지도 모른다는 사실을 이제 우리는 예감하고 있다. 슬픈 예감 속에서 조순희의 시는 기원을 찾아 시간을 거슬러 오르거나 자연 속으로 눈길을 돌리는 선택을 한다. 그것은 푸릇한 시의 기원을 찾는 길이기도 하다.

2.

부여에서 태어나 서천에서 주로 살아온 조순희 시인은 이번 시집에서 서천의 로컬리티를 본격적으로 보여준다. 시의 공간으로 서천을 새롭게 호명하는 것은 물론 서천의 역사와 현재를 시를 통해 구축한다. 서천군 서초면 선암리, 한산면 신성리, 서면 마량리, 문산면 신농리, 종천면 종천리 등 서천의 구석구석을 소개함으로써 살아있는 삶의 터전이자 아름다운 시적 공간으로 서천을 새롭게 구축하는 일을 시 쓰기를 통해 실천하고자 한다. 문학의 공간으로 본격적으로 호명되지 못했던 서천에 생명을 불어넣는 일은 지역 시인으로서의 소명 같은 것이 아닐까 싶다.

> 햇살 맑은 날이면
> 투명한 ㅂ은 공중에 유리알 같은 깃발을 내걸었다
>
> 오래전 골목 끝으로 낡은 단어장을 던진 소년을,
> 바람은 알고 있었다 마을회관 안쪽 누군가의
> 등 굽은 무용담도 이젠 낙엽만큼 효험이 없었다
> 자고 일어나면 너라는 모서리에 묶여
> 백기처럼 펄럭이던 꽃무늬 손수건, 알고 보면 그 모두는
> ㅂ이 너의 오후에게 저지른 수줍고 향긋한 만행이었다
>
> (중략)
>
> 신성리 갈대밭에 가보면
> 태양의 세 번째 심장과 사랑에 빠진 바람이
> 노을 물든 서천을 두루마리처럼 언덕에 펼쳐놓고
> 붓보다 고운 갈대로 길고 긴 편지를 쓴다
> ― 「바람의 이분법」 부분

한 지역에서 오래 산다는 것은 그곳에서 살아온 사람들의 내력과 사연이 구석구석 깃든 곳에서 살아왔다는 의미일 것이다. 그것은 골목의 역사와 그곳에서 살아온 사람들의 사연을 기억하는 일이자 지금은 사라진 장소와 그곳에 얽힌 사건을 기억해내는 일일 것이다. 인용한 시에서는 바람이 그런 역할을 하고 있다. 어디든 갈 수 있는 바람의 속성을 빌려 구석구석을 누비며 과거의 시간을 불러오기도 한다. 바람이 가닿는 곳에서는 잊고 있던 오래전 기억이 떠오른다.

바람은 "오래전 골목 끝으로 낡은 단어장을 던진 소년을" 알고 있고 "마을회관 안쪽 누군가의/ 등 굽은 무용담도" 기억하고 있다. 이 시의 배경을 이루는 "신성리 갈대밭"은 바람이 시작되는 곳이자 머무는 곳이기도 하다. 그곳에는 바람 소리만큼이나 수많은 사연이 깃들어 있다. "신성리 갈대밭에 가보면" "태양의 세 번째 심장과 사랑에 빠진 바람이/ 노을 물든 서천을 두루마리처럼 언덕에 펼쳐놓고/ 붓보다 고운 갈대로 길고 긴 편지를 쓴다"고 갈대밭에 붉게 물든 노을이 가득 펼쳐진 아름다운 풍경을 조순희의 시는 옮겨 적는다. 바람이 갈대밭에 쓰는 아름다운 편지는 마치 시 같다. 아마도 시인은 이런 시를 쓰고 싶은 모양이다.

갈대밭 갔다 햇볕 좋은 아침에
유목의 낭만 조우하러,

직선의 계절이 하늘로 크는 성소
해그림자 사이사이 바람이 들어있다

민낯의 표정 꺼내 혼자 울기 좋은 곳이다

마스크 벗고
개개비와 한참을 놀았다

바람의 목록 펼쳐 직립의 방식으로
흔들림을 건축하는 풀빛 신전,

저기 흰 구름 하나
방금 전
내 안에서 부리 씻던 그리움이다

허리 휜 길 저만치
물속 유목의 날들 밀고 가는 금강,
유유하다
- 「풀빛 신전-신성리 갈대밭」 전문

신성리 갈대밭을 "풀빛 신전"이라 부르는 이 시에서 주체는 "햇볕 좋은 아침에" "유목의 낭만 조우하러" 갈대밭에 간다. 드넓게 펼쳐진 갈대밭은 도시에서는 볼 수 없는 곳이므로 가히 풀빛 신전이라 일컬을 만하다. 그곳에서 주체는 현대 사회에서는 좀처럼 만나기 힘든 "유목의 낭만"을 조우하곤 한다. 드넓은 갈대밭을 가득 채운 갈대는 직선으로 자라는 성질을 지니고 있으므로 "직선의 계절이 하늘로 크는 성소"라고 갈대밭을 부른다. 바람이 깃들어 머물다 가는 이곳은 "민낯의 표정 꺼내 혼자 울기 좋은 곳이다". 갈대밭을

웅성대는 바람 소리에 웬만한 울음소리는 묻힐 테니까.

그곳에서 시의 주체는 "마스크 벗고/ 개개비와 한참을 놀았다". 지난 2년 7개월 사이에 마스크를 쓴 일상에 익숙해져 버린 우리는 각자의 골방에 갇혀 있던 시간을 지나 사람이 드문 들판이나 숲을 찾게 되었다. "바람의 목록 펼쳐 직립의 방식으로/ 흔들림을 건축하는 풀빛 신전" 신성리 갈대밭에 시의 주체도 자주 찾아들었던 모양이다. 인간의 발자취가 줄어들자 자연은 본연의 모습을 찾아갔음을 지난 2년 7개월의 경험을 통해 우리는 알고 있다. 자연을 숭배하는 마음으로 시의 주체도 갈대밭이 이룩한 "풀빛 신전"을 우러러본다. "저기 흰 구름 하나"에서 "내 안에서 부리 씻던 그리움"을 발견하고 "저만치/ 물속 유목의 날들 밀고 가는 금강"이 유유히 흐르는 것을 목격한다. 조순희 시가 그리는 풀빛으로 가득한 신성리 갈대밭의 풍경은 숭고를 경험하게 한다.

> 푸른 바람 회화나무 잎을 분다
> 태양이 그림자를 받아 적고 있고
> 기와집 몇 채
> 그림처럼 앉아있다
>
> 낮달의 시선 따라
> 오래된 인연을 만나러 가는 오후
> 홍살문을 들어서자
> 솔향 한 움큼 훅- 스쳐 온다
> 사위어 가는 나라의 명운 앞에서

지절의 삶을 살다 간 목은,
영당 앞 매화나무로 서 있다

담자색 햇살이 서원의 어깨 감싸고 있는 담장 아래
시간을 껴입은 배롱나무가
내 다가가는 발소리에 귀 쫑긋하다

장판각 문살 스치며 불어오는
푸른 바람 몇 점, 더운 이마 식혀주는데
초록을 밀며 돌아 나오는 길목 어디쯤에서
피안의 언덕 같은 당신 만났으면 좋겠다
     -「문헌서원 가는 길」 전문

　문헌서원은 충남 서천군 기산면에 있는 서원으로 고려 후
기 이곡과 이색을 추모하기 위해 창건한 것으로 알려져 있
다. 이곡과 이색은 부자지간이다. 이색은 정몽주, 길재와
함께 고려말 삼은三隱으로 불리며 고려가 멸망한 후 은둔했
다. 이 시는 서천의 로컬리티를 환기하는 장소로 문헌서원
을 호명한다.
　문헌서원 가는 길에는 회화나무에 "푸른 바람"이 불고
"태양이 그림자를 받아 적고 있고" "기와집 몇 채"가 "그림
처럼 앉아있다". 시의 주체는 "오래된 인연을 만나러" 그곳
에 간다. "홍살문을 들어서자/ 솔향 한 움큼"이 "훅- 스쳐
온다". 시각적으로 묘사되던 풍경에 후각적 감각이 더해지
면서 문헌서원에 가 본 독자들이나 비슷한 서원에 가 본 적
이 있는 독자들은 마치 문헌서원 가는 길에 함께 있는 듯한

경험을 하게 된다. "영당 앞 매화나무"를 보며 시의 주체는 "사위어 가는 나라의 명운 앞에서/ 지절의 삶을 살다 간 목은" 이색을 떠올린다.

"담자색 햇살이 서원의 어깨 감싸고 있는 담장 아래/ 시간을 껴입은 배롱나무"를 시적 주체는 마치 연인을 바라보듯 반갑게 마주 본다. "내 다가가는 발소리에" "배롱나무가" "귀 쫑긋"한다고 느끼는 것은 그의 마음이 투영된 것이겠다. 붉은 배롱나무꽃이 만발한 모습에서 "오래된 인연을 만나러 가는 오후"의 설렘이 느껴지기도 한다. "초록을 밀며 돌아 나오는 길목 어디쯤에서/ 피안의 언덕 같은 당신 만났으면 좋겠다"는 바람을 품게 하는 것도 풍경과 장소의 힘이다.

조순희의 시를 읽다 보면 "천 개 돌의 전설이" 지키고 있다는 "천방산"(「시간에 말을 걸다」), "배낭 가득 뻐꾸기 소리, 산물 흐르는 소리, 제비꽃 웃음소리를 담아오"게 하는 "희리산 자락 숲길"(「봄의 생태학」) 등 충남 서천 곳곳의 지명과 아름다운 풍광을 만나게 된다. 그곳을 찾아 배낭 메고 길을 나서고 싶다는 생각이 절로 드는 시이다.

3.

조순희의 이번 시집 『바람의 이분법』은 여성들의 삶을 공들여 그리고 있다. 그중에서도 특히 눈에 띄는 것은 1부에 등장하는 조선 시대 여성 시인들에 대한 시이다. 시의 기원을 탐색하는 이번 시집에서 시인은 자신의 시 쓰기의 기원을 신부용당, 임벽당 김씨 같은 조선 시대 여성 시인들에게

서 찾고 있는 듯하다. 게다가 그녀들은 충남 서천의 시인이
니 말이다. 여성에게 글을 읽는 것은 물론 글쓰기가 좀처럼
허용되지 않았던 시절 여성 시인으로 이름과 작품을 남긴
그들에게서 자신의 모습을 앞당겨 본 것이겠다. 여성 시인
으로서 시를 쓰는 것이 지니는 의미의 기원을 그로부터 찾
고자 한 것이 아닐까 싶다.

초록에 밑줄 긋는 사이
길섶 망초꽃 부용당을 수놓고 있다
그녀의 옛 숭문동에 이르러
풀물 배인 바람을 듣는 신발 두 짝

꽃신 자국인 듯 토끼풀 간간이 펼쳐있다

문향한 여백 너머 마주 오는 먼 눈빛 하나
이곳쯤이었을까
조카들 더불어 천진하게 시문에 젖던 곳

남쪽 강 물결지듯
산딸나무 흰 모시 쓰고 마실 가는데
어느 먼 여로에 뒤설레던 그녀
죽어서도 살아있는 삶 하나 꺼내 든다

봉인된 시간을 곰곰이 걷는 유월.

어느 집 낡은 담장 너머로 얼굴 내민 접시꽃

묻고 싶은 말 몇쯤 마음에 둔 채
오동나무 그늘 밀며 돌아오는 해거름

그녀 수틀 안 꽃들 길을 내고 있다
— 「어느 집 낡은 담장 너머로」 전문

　시의 1연에 등장하는 '부용당'에는 '충남 서천군에서 태어났던 조선 시대 여성 시인'이라는 주가 붙어 있다. 부용당은 조선 후기에 활발히 활동한 여성 한시 작가 신부용당(申芙蓉堂, 1732~1791)을 가리키는 것으로 보인다. 신부용당은 신호申滈의 딸이자 윤운尹惲의 부인으로 당대 문장가였던 석북 신광수, 진택 신광하 등 남자 형제들의 문풍에 힘입어 일찍이 글을 익히고 다수의 한시를 창작한 것으로 알려져 있다. 친정 형제들과 함께 묶은 문집 『숭문연방집崇文聯芳集』에 신부용당의 '부용시선芙蓉詩選'이 실려 있고 『부용당집』도 전한다.
　신부용당에게 "옛 숭문동"은 남자 형제들과 함께 시문을 읽고 쓰던 혼인하기 전의 기억이 아로새겨진 곳이자 시인으로서의 최초가 시작된 곳이기도 하다. 이 시의 주체는 "그녀의 옛 숭문동에 이르러/ 풀물 배인 바람을 듣는 신발 두 짝"을 마주 한다. 그곳에서 주체는 신부용당의 흔적을 찾는다. "꽃신 자국인 듯 토끼풀 간간이 펼쳐있"는 모습도 그에겐 예사롭지 않게 느껴지고 "문향한 여백 너머 마주 오는 먼 눈빛 하나"를 느끼며 "조카들 더불어 천진하게 시문에 젖던" 부용당의 모습을 떠올린다. "산딸나무 흰 모시 쓰고 마실 가"며 "뒤설레던 그녀"를 짐작해 보며 "봉인된 시

간을 곰곰이" 걸어 본다. 신부용당이 남긴 시문으로 인해
조선 후기 여성 시인으로 살았던 그녀의 삶은 "죽어서도 살
아있는 삶"이 된다. 시의 주체 또한 신부용당과 하나 되어
"그녀 수틀 안 꽃들"이 내는 길을 걷고 있다.

> 곡선을 걸어요 오래전 당신이
> 길에 닿으면 은행나무 두 그루 마주 서 있어요
> 노랑들 온통 출렁이죠, 가을엔 나의 오랜-도 낙엽이 지
> 지만요
> 들판에 척 걸쳐진 한가로운 노래 높은음자리표로 흘러요
>
> 이제 그녀를 만나러 가야 할 시간, 임벽당
> 어쩌면 은행나무 아래에서 오래된 바람을 방생하고 있을
> 지도 모르겠군요
> 아니면 선취정仙醉亭 뜨락을 거닐고 있을지도
>
> (중략)
>
> 남당리에 가면 우물처럼 깊이 출렁이는 눈동자 있죠
> 그곳 도화동에서는 복숭아꽃도 화폭에서 사철 피고
> 흰 수틀 안에서 봄이 첫잠을 깨지요
> 방금 뒷산에서 들썩인 소쩍새를 베갯잇에 수놓는 희고
> 가느다란 손가락,
> 보이나요?
>
> 궁벽했던 오백 년 여필종부의 뜨락

청색의 시간 딛고 혹, 감겨오는 시의 성률

환히 전해와요 파란의

임벽당칠수고林碧堂七首稿가 가난처럼 다가와요

헤진 모시 적삼에 배꽃 가득 안고

꿈인 듯 생시인 듯 내게로 걸어오는 당신,

높이 뜬 달빛도 잘만 꼬아서 이으면 몇 필 모시가 될 수

있을까요?

오래된 시간 저쪽

짤깍짤깍 베 짜는 소리 후렴처럼 들려와요

—「오랜, 을 꺼내다」 부분

임벽당 김씨(1492-1549)는 조선 중종 때의 여성 시인
이다. 부여에서 태어나 혼인을 한 후 남편 유여주를 따라 남
편의 고향인 서천군 비인면 남당리에서 살았으니 부여에서
태어나 서천에서 산 조순희 시인과 행적이 유사하다. 조선
의 3대 여성 시인 중 하나인 임벽당 김씨의 흔적이 서천에
남아 있는 것만으로도 각별했을 텐데 부여 태생이기도 하
니 그 각별함은 더했을 것이다.

이 시에도 등장하는 옛 도화동 자리에는 청절사와 임벽당
시비가 남아 있으며 임벽당 김씨 부부의 묘도 남당리 청절
사 가는 길에 볼 수 있다. 500년 된 은행나무 두 그루가 마
을을 지키고 있고 임벽당 김씨가 살았던 집 근처에는 선취
정과 임벽당이 조성되어 있다고 한다. 이 시는 임벽당을 만
나러 가는 길을 묘사하고 있다. "곡선을 걸어" "길에 닿으
면 은행나무 두 그루 마주 서 있"고 "노랗들 온통 출렁이"

는 남당리에 이르게 된다. 그곳에서 시의 주체는 임벽당의 흔적을 감지한다. "어쩌면 은행나무 아래에서 오래된 바람을 방생하고 있"거나 "선취정 뜨락을 거닐고 있을지도" 모른다고 생각하면서. "창호지에 비친 저 그림자"나 "밤하늘로 번지"는 "댓잎 사운대는 소리"에서도 임벽당의 모습을 발견한다.

"복숭아꽃도 화폭에서 사철 피"는 "도화동에서" 사대부가의 여인으로 "방금 뒷산에서 들썩인 소쩍새를 베갯잇에 수놓"기도 하면서 "궁벽했던 오백 년 여필종부의 뜨락"에서 "청색의 시간 딛고" 피어올랐을 "시의 성륜"을 시의 주체는 온몸으로 느낀다. 임벽당이 남긴 것으로 전해지는 "임벽당칠수고"가 가난한 사대부가 여인의 삶 속에서 비롯된 것임을 아는 것이다. "헤진 모시 적삼에 배꽃 가득 안고/ 꿈인 듯 생시인 듯 내게로 걸어오는 당신" 임벽당에게서 시인으로서의 자신의 운명을 엿보는 것인지도 모른다. "오래된 시간 저쪽"에서 "후렴처럼 들려"오는 "짤깍짤깍 베 짜는 소리"야말로 임벽당에게서 시의 주체에게로 유전되는 시의 기원의 소리가 아니겠는가.

4.
〈시인의 말〉에서 조순희 시인은 "하늘이 감동하는 시까지는 멀다 할지라도/ 누군가의 눈물을 닦아줄 수 있는 시를 쓰고 싶"다고 고백한다. 이런 마음으로 쓰인 시들이 이번 시집에서는 눈에 띈다. 독거노인을 비롯해 낡고 늙고 버림받은 사람들이나 대상들이 조순희 시에 종종 모습을 드러낸다.

밤의 집에 침묵이 찾아오면 고요는 제 옆구리를 헐어
그림자를 내곤 하였다
이따금 문밖에선, 야윈 달이 대나무 그림자를 베고 누
웠다

맨드라미가 태양을 켠 한낮, 방금 전보다 1g 더 소멸된
노파의 생이 애완견 등을 쓰다듬고
뒷산 뻐꾹새 소리보다 반 박자씩 늦게 당도하는 눈꺼풀
너머로 졸음을 여닫는 고양이
내일이 처음이 되는
세월의 이삭을 줍는 사이 그녀, 천천히 하나의 유적이
된다

그녀와 첫 만남을 꺼낸 것은 햇살 부스러지는 여름이었다
장마였을까
몸속 소화불량을 꺼내 시큼한 것들 울컥울컥 토해내고
여기저기 막히고 휘고 뒤틀린 퇴행성 징후들 개미처럼
기어 다니는
수심의 곡절 너머
독거가 가져온 고립을 세일 상표처럼 달고서 울컥 밀물
지는 눈, 물을 찍어냈다

세상 모든 일몰들이 귀가할 곳은, 불 꺼진 창 밑이 제격
인지

(중략)

노파 하나, 늙은 마루에 앉아
잔고가 얼마 남지 않은 가을볕을 자신의 독백 속에다
오래 퍼 담고 있다
　－「햇살을 정산하다」 부분

　대도시의 삶보다는 자연 가까이 지내는 시골의 삶에서 노인을 더 자주 마주치게 된다. 노동 인구의 상당수가 도시로 몰리는 요즘은 더욱 그러하다. "밤의 집에 침묵이 찾아오면 고요는 제 옆구리를 헐어/ 그림자를 내곤 하였다"라는 첫 문장의 묘사는 서천에서 오래 머문 시적 주체의 경험에서 나온 것이겠다. 도시는 한밤중에도 좀처럼 고요를 경험하기 어려운 곳이니 말이다.

　하루하루 더 소멸되는 "노파의 생"은 "애완견 등을 쓰다듬고" "뒷산 뻐꾹새 소리보다 반 박자씩 늦게 당도하는 눈꺼풀 너머로 졸음을 여닫는 고양이"를 돌보며 "천천히 하나의 유적이" 되어 간다. 반려동물 외에는 아무도 찾아들지 않는 독거노인과의 만남을 시의 주체는 기억한다. "몸속 소화불량을 꺼내 시큼한 것들 울컥울컥 토해내고/ 여기저기 막히고 휘고 뒤틀린 퇴행성 징후들 개미처럼 기어 다니는/ 수심의 곡절 너머"를 짐작하고 그 고립감에 공감의 눈길을 보낸다.

　"노쇠한 근골"로 인해 "보행"이 "불편"해졌지만 "무료급식소 근처 온기 가득한 기억들"은 "아직 지우고 싶지 않"다.

"식솔들"은 "대처로 쓸려나간 지 오래고" "일 년에 한두 번/ 손님처럼 건너가는 것이 고작이"다. 정기적으로 다녀가는 "목욕차"가 노인의 안부를 물을 뿐이다. "늙은 마루에 앉아/ 잔고가 얼마 남지 않은 가을볕을 자신의 독백 속에다/ 오래 퍼 담고 있"는 "노파 하나"의 모습은 우리네 시골에서 흔히 마주칠 수 있는 모습이다. 언젠가 누구에게나 찾아올 그 고립의 시간을 조순희 시는 따뜻한 시선으로 그려낸다.

> 빈집의 내력을 읽는 일은 낡은 퇴적층 한 채 펼치는 일
> 오랫동안 닫아걸었던 문 열고 들어서니
> 헐벗은 마루가 풍경을 들여 앉혀놓고 있다
>
> 바람이 거미줄을 건드리자 툭, 쏟아지는 묵은 안부
> 돌아갈 수 없는 시간을 유산처럼 간직한 채
> 초인종 없는 대문이 낯선 방문을 경계한다
>
> 많은 식솔 거느리던 여러 개 가마솥과 입 큰 물두멍
> 장독대 배부른 항아리들과 두 개의 굴뚝이
> 사람들 제법 들락거리던 둥지였음을 말해주는데
> 나이 먹은 우물이 배회하는 햇살을 불러다 씻긴다
> ―「빈집」 부분

공간과 그 공간에서 살아가는 사람은 묘하게 닮아간다. 독거노인이 많이 사는 시골에는 그만큼 빈집도 늘어간다. 시의 주체는 "빈집의 내력을 읽는 일"이 "낡은 퇴적층 한 채 펼치는 일"임을 알고 있다. "오랫동안 닫아걸었던 문 열

고 들어서"면 "헐벗은 마루가 풍경을 들여 앉혀놓고 있다". "돌아갈 수 없는 시간을 유산처럼 간직한 채" 빈집은 거미줄에 둘러싸여 "낯선 방문을 경계"하고 있다.

"많은 식솔 거느리던 여러 개 가마솥과 입 큰 물두멍/ 장독대 배부른 항아리들과 두 개의 굴뚝이" 한때는 "사람들 제법 들락거리던 둥지였음을 말해"주지만 "옛사람 떠나고 자녀들 대처로 나간 지 오래"인 지금은 "유통기한 지난 시간들"이 "밀봉된" 빈 "고택"일 뿐이다. 시의 주체는 사람이 떠나 폐가가 되어 버린 빈집 구석구석을 돌아보며 "묵은 안부"를 묻기도 하고 "망각 속으로 밀쳐졌던 기척들을 호명해 봉당에 불러 모으"기도 한다. 빈집의 흔적을 통해 그곳에서 살았던 사람들의 "내력을 읽"고 "낡은 퇴적층 한 채 펼치는 일"이야말로 시의 몫임을 잘 알고 있기 때문이겠다.

5.

첫 시집 『꽃 피우는 그 일』에 이어 이번 시집 『바람의 이분법』에서도 다채로운 꽃 이름이 등장한다. 시를 읽으면 조수초목의 이름을 많이 알 수 있다고 했던 공자의 말을 조순희의 시는 지침으로 삼고 있는 것인지도 모른다. 이번 시집에서도 자연 속으로 들어가 낭만적 소요를 하는 시적 주체의 모습을 종종 확인할 수 있다. 망초꽃, 산딸나무꽃, 복숭아꽃, 배꽃, 동백, 구절초꽃, 민들레, 제비꽃, 사과꽃, 냉이꽃, 맨드라미, 코스모스, 봉숭아, 카네이션, 무화과나무꽃, 백일홍, 감자꽃, 개망초꽃, 산수유꽃, 수선화, 용담꽃, 벚꽃, 살구꽃, 복수초, 덩굴장미 등의 꽃과 매화나무, 배롱나무, 감나무, 물푸레나무, 가시나무, 매실나무, 모과나무, 느티나무, 산사나무 등의 나무가 시집 곳곳에서 모습을 드러낸다.

산딸나무 한 그루 하얀 등불 켰다

숲,

환하다

해 저물어도 적막하지 않겠다
  ―「산딸나무꽃」 전문

"봄의 입구에"서 피어나는 "동백"을 보고는 "겨우내 발설하지 못한 눅눅한 그리움"(「향긋한 망명」)을 읽어내고, 봉숭아를 보고는 "오랫동안 닫아두었던 울음"(「봉숭아」)이 터진 모습을 연상한다. 인용한 시에서도 시의 주체는 산딸나무꽃에서 "숲" 전체를 "환하"게 밝히는 "하얀 등불"을 본다. 흔히 산딸나무꽃이라고 알고 있는 십자 모양의 크고 넓은 흰 꽃잎처럼 보이는 부분은 사실은 꽃싸개잎(포엽)이라고 하는데 아름다운 모습이 하얀 등불을 켠 것처럼 보여 눈길을 사로잡는다. 산딸나무꽃을 본 사람이라면 "해 저물어도 적막하지 않겠다"는 시적 주체의 발화에 공감할 것이다. 꽃과 풀과 나무의 생태를 잘 알고 있는 조순희의 시는 꽃의 비유를 통해 인생을 통찰한다.

꽃도 피우지 못하는 나무라고
말을 뱉고는
아무렇지도 않은 듯 사라지는
사람 있다

그 말 꿀꺽 받아 삼킨다

마음에서 가시가 되는 느낌표 하나
견디는 일쯤은 이골났다는 듯
침묵 딛고 그녀 몸속 여백에
피어난 꽃

무화과나무에 무화과꽃
피었다
－「무화과나무꽃」부분

누가 저 여인을
아무 데서나 마음 여는 꽃이라 하였는가
아무에게나 마음 열어 웃고 있지만
아무렇게나 살지 않는

달갑지 않은 시선일랑 거두어 달라며
길섶 망초꽃 순절의 향기 뒤척인다

허공에 발목 묻고 노숙의 잠 삼키는 그녀,
위로받고 싶은 사연 심중에 담고서

백야의 밤을 건너고 있다

    –「개망초꽃」부분

  무화과꽃을 향해 "꽃도 피우지 못하는 나무라고" 함부로 상처 내는 말을 내뱉고는 "아무렇지도 않은 듯 사라지는/ 사람"이 있다. 살다 보면 그렇게 아무렇지도 않은 얼굴로 상처 주는 말을 하는 사람들을 종종 만나게 된다. 정작 자신은 무엇을 잘못했는지도 모를 때가 많다. 상처를 입은 사람은 있는데 가해자는 없거나 그 사실을 모르고 있는 셈이다. 상처 입은 이들은 상처 입고도 "그 말 꿀꺽 받아 삼"키고 "견디는 일쯤은 이골났다는 듯/ 침묵 딛고" 일어나 꽃을 피운다. 무화과꽃에서 시의 주체는 그런 인생사를 읽어낸다.

  유월이면 길가에 흔하게 피어 있는 개망초꽃은 이름부터 '개'망초꽃이다. "흔들림에 익숙한 듯" "바람을 두른 소복 여인"처럼 흔들리며 서 있는 개망초꽃을 향해 "아무 데서나 마음 여는 꽃이라"고 함부로 말하는 입이 여기도 있다. "아무에게나 마음 열어 웃고 있지만/ 아무렇게나 살지 않는" 꽃이라며 함부로 말하는 입을 향해 시의 주체는 발화한다. "허공에 발목 묻고 노숙의 잠 삼키는 그녀" 개망초꽃에게서 흔들림에 익숙한 듯 세파에 시달려 온 비슷한 신세의 여성의 삶을 읽어낸 것이겠다.

  조순희의 두 번째 시집 『바람의 이분법』은 팬데믹을 경험한 이후의 우리 삶에 대한 성찰과 여성 시인으로서의 자각을 드러내 보여준다. 그리고 여성 시인이자 팬데믹 이후를 살아가야 하는 기후 위기 시대의 시인으로서 시의 기원에 대해 탐색하고자 한다. "다 잃고 돌아왔어도 살아갈 날만 보아야 한다"고 "삶이란 그런 것"이라고 마침내 깨달은 시인은 "오후 같은 생의 한 구절에/ 따뜻한 밑줄을 긋는"다. 살아가다 보면 허물어질 때도 있고 그럴 때 "무너져 내리는 건 순간의 일"임을 시인도 모르지 않지만 "장마 지난 후/ 허물어져 내리는 논두렁을 일으켜 세"우는 "포크레인"을 보며 "오래전 걸어간 누군가의 처음을 따라/ 살아갈 날의 마름질"(「마름질」)이 필요함을 깨달은 것이겠다. 조순희의 시가 긋는 따뜻한 밑줄에 독자들 또한 위로받으며 다시 일어날 용기를 얻을 수 있으리라 짐작해 본다.

조순희

조순희 시인은 충남 부여에서 태어났고, 원광대학교 대학원(교육학 석사)과 건양대학교 대학원(행정학 박사)을 졸업했으며, 서해대학교 케어복지과 겸임교수를 역임했다. 서천군의회 의원과 서천문화원장을 역임했고, 현재 어린이집 원장으로 재직하고 있다. 2018년 『애지』로 등단, 2019년 첫 번째 시집 『꽃 피우는 그 일』을 출간했으며, 3년 만에 두 번째 시집인 『바람의 이분법』을 출간하게 되었다.

조순희 시인은 그의 두 번째 시집인 『바람의 이분법』에서 "하늘이 감동하는 시까지는 멀다 할지라도/ 누군가의 눈물을 닦아줄 수 있는 시를 쓰고 싶"(「시인의 말」)다고 고백한다. 세계적인 대재앙인 팬데믹을 경험한 이후, 푸릇한 최초의 기원을 탐색하는 조순희 시의 행보가 더욱 공감이 가는 이유가 여기에 있다.

이메일: sakdong5@hanmail.net

조순희 시집
바람의 이분법

발 행 2022년 8월 10일
지 은 이 조순희
펴 낸 이 반송림
편집디자인 반송림
펴 낸 곳 도서출판 지혜
주   소 34624 대전광역시 동구 태전로 57, 2층 도서출판 지혜(삼성동)
전   화 042-625-1140
팩   스 042-627-1140
전자우편 ejisarang@hanmail.net
애지카페 cafe.daum.net/ejiliterature

ISBN : 979-11-5728-481-8 03810
값 10,000원

* 본 도서는 충청남도, 충남문화재단의 후원으로 발간되었습니다.